D1111843

La cabaña del Tío Tom

Uncle Tom's Cabin

La cabaña del Tío Tom • Uncle Tom's Cabin
E. Beecher Stowe

© Liliana Gutiérrez, traducción
© Rubén Mendieta, adaptación de la obra original

© Rocío Fabiola Tinoco Espinosa, ilustración de portada
© Carlos López, ilustraciones de interiores

SÉLECTOR
ACTUALIDAD EDITORIAL

D.R. © Selector S.A. de C.V. 2018
Doctor Erazo 120, Col. Doctores,
C.P. 06720, México D.F.

ISBN: 978-607-453-544-0
Primera edición: abril de 2018

Características tipográficas aseguradas conforme a la ley. Prohibida la reproducción
parcial o total mediante cualquier método conocido o por conocer, mecánico
o electrónico, sin la autorización de los editores.

Impreso en México
Printed in Mexico

La cabaña del Tío Tom

Uncle Tom's Cabin

E. Beecher Stowe

SÉLECTOR

ACTUALIDAD EDITORIAL

Índice

E. Beecher Stowe
(1811-1896)

Novelista estadounidense. El Antiguo Testamento y los textos de los teólogos puritanos fueron las lecturas de su infancia.

Se inclinó hacia el movimiento antiesclavista; el resultado fue su obra La cabaña del tío Tom. Ella creía que el verdadero autor del libro era Dios.

El libro tiene como protagonista al esclavo Tom, y relata sus vivencias desde que es vendido por su benigno propietario hasta que cae en manos de un brutal hombre, dueño de plantaciones de algodón.

La autora murió en Hartford a los 85 años, con su moral íntegra, la imaginación puritana aún fértil y la diligencia evangélica todavía intacta.

E. Beecher Stowe
(1811-1896)

She was an American novelist. The readings of her childhood were The Old Testament and the texts of the puritan theologians.

She was in favor of the anti slaver movement. The result was his work Uncle Tom's Cabin. She believed that God was the real author of the book.

The main character is Tom, a slave. The novel tells his experiences since is sold by his benign owner, until Tom falls into the hands of a brutal man, who is the owner of cotton plantations.

E. Beecher Stowe died in Hartford at the age of 85, with her moral integrity, a fertile puritan imagination and her intact evangelical diligence.

Síntesis

La cabaña del tío Tom es una extraordinaria novela que habla sobre la esclavitud en Estados Unidos.

Tom es un negro benevolente y a su cabaña acuden otros esclavos en busca de consejo o afecto. Sin embargo, Shelby, dueño de Tom, se ve obligado a vender a su esclavo preferido a un tratante llamado Haley.

Elisa, su pequeño hijo Jim, y Jorge, su esposo, son una familia de esclavos que deciden escapar antes de ser vendidos.

Esclavos por naturaleza, pero libres de espíritu, unos aceptan su destino y otros se rebelan ante la injusticia de la esclavitud que, durante años, perduró en el mundo.

Synthesis

Uncle Tom's Cabin is an incredible novel about the slavery in United States of America.

Tom is a good African-American person. Other slaves come to his cabin looking for advice or affection. However, Shelby — Tom's owner — is forced to sell him to a people trafficker named Haley.

Elisa, her little son Jim, and George — her husband — are a family of slaves who decide to escape before being sold.

Slaves by nature, but free of spirit, some slaves accept their destiny and others rebel against the injustice of slavery lasted in the world during many years.

Introducción

La cabaña del tío Tom es la historia de un hombre que toda su vida fue esclavo y lo aceptó, porque en espíritu fue libre.

Esta obra también habla de cómo otros esclavos se rebelaron ante su condición y vivieron aventuras interesantes.

Te invitamos a que conozcas a estos personajes y puedas preguntar a tus papás y maestros, qué es para ellos la libertad. Así mismo, para que reflexiones sobre esta obra que es un mensaje de esperanza y lucha contra lo injusto.

Introduction

Uncle Tom's Cabin is the story of a man that his entire life was a slave and accepted it, because in spirit he was free.

This work also talks about how other slaves rebelled against their lifestyle to live interesting adventures.

We invite you to meet these characters and you can ask your parents and teachers: what is freedom? Also, for you to reflect on this work, which is a message of hope and struggle against the unfair.

Malos tiempos para el caballero Shelby

Una tarde de febrero, dos caballeros charlaban en el salón de cierta casa de la pequeña localidad de P…, en el estado de Kentucky. En rigor, sólo uno de ellos evidenciaba su condición de caballero; el otro, bajo, rechoncho, de facciones vulgares, reflejaba a lo mucho ciertas pretensiones de serlo. Por el contrario, el señor Shelby, el dueño de la casa, era un hombre distinguido, de modales refinados, sólo que en aquel momento estaba preocupado porque le debía a Haley, el hombre que lo acompañaba, una suma considerable de dinero.

Shelby Bad times for the knight Shelby

Two gentlemen were chatting in the lounge of certain house of the small locality of P…, on a February afternoon, in Kentucky. Strictly speaking, only one of them showed his status as a knight. The other, who was small, stubby and with vulgar factions, betrayed at most pretensions to be. On the contrary, Mr. Shelby, the house owner, was a distinguished man, of refined manners. But he was concerned at that time because owed a considerable sum of money to Haley, the man who accompanied him.

—Haley, me pide usted demasiado, no puedo desprenderme de Tom —dijo.

—Usted debería sentirse satisfecho de poder liquidar lo que me adeuda al cederme a ese esclavo, señor Shelby.

—Mire, Tom es para nosotros más que un esclavo. Casi forma parte de la familia. Además, administra mis bienes con toda honradez.

—Ningún negro es honrado; pero no discutamos más por Tom y digamos… que usted me lo cede.

"Haley, you ask me too much. I can't get rid of Tom," he said.

"You should feel satisfied to be able to liquidate what it owes me, on having transferred that slave, mister Shelby."

"Look, Tom is for us more than a slave. He's almost a part of the family. Besides, he manages my goods in all honesty."

"No black man is honored; but let's not discuss any more for Tom and let's say … that you transfer it to me."

—No, no, eso es imposible.

—Mire, señor Shelby, las cosas tampoco van bien para mí, y aunque lo aprecio y desearía complacerlo, me resulta imposible en esta ocasión.

—¿Cuánto está dispuesto a pagar por él?

—Pues, verá… Con lo que voy a pagarle su deuda no queda saldada; si pudiera añadir algún otro de sus esclavos, algún muchachito o muchachita….

—No, todos me hacen falta.

En aquel instante, un encantador mulato de unos cuatro años apareció en la estancia. Después de verlo cantar y bailar, el hombre quería llevarse también al pequeño.

"No, no, that is impossible."

"Look, Mr. Shelby, the life is not going well for me either, and although I appreciate you and wish to fulfill you, it is impossible this time."

"How much do you want to pay for him?"

"Well, let me see... Your debt is not paid even with that payment. If you could add some other of your slaves, some little boy or girl..."

"No, I need all of them."

At that moment, a charming mulatto — four years old approximately — appeared in the living room. He sang and danced. After that, the man wanted to take with him the little boy as well.

Cuando el señor Shelby lo escuchó, dijo:

—¿Cómo? Mi esposa nunca lo permitiría. No sabe el aprecio que le tiene al pequeño niño y a Elisa, su madre.

—No creo que se encuentre en condiciones de anteponer el sentimentalismo a la cuestión monetaria, señor. Le compro también a la madre, si es que quiere vendérmela.

—No puedo darle ese disgusto a mi esposa.

—¡Pues véndame únicamente al niño! Recuerde que su deuda vence ahora y puedo hacer uso de los pagarés.

—Tendré que comunicárselo a mi esposa.

When Mr. Shelby heard him, he said:

"What?" My wife would never allow it. You don't know the appreciation she has for the little boy and Elisa, his mother."

"I do not think you are in a position to put sentimentality on the monetary issue, sir. I'll buy the mother, too, if you want to sell her."

"I cannot give this annoyance to my wife."

"Then sell me only the child! Remember that your debt expires right now and I can make use of the promissory notes."

"I have to report that to my wife."

En aquel momento apareció en la entrada del salón una hermosa mujer negra, cuyos rasgos la identificaban plenamente como madre del muchacho.

—¿Qué se te ofrece, Elisa? —preguntó el señor Shelby.

—Buscaba a Jim, señor.

El niño, que había corrido junto a su madre, mostraba a ésta muy satisfecho, obsequios que le dio Haley.

—Puedes irte —dijo gravemente el señor Shelby, cuando adivinó las malvadas intenciones del traficante.

At that moment a beautiful black woman appeared at the entrance of the hall, whose traits fully identified her as the boy's mother.

"What do you need, Elisa?," Mr. Shelby asked.

"I am looking for Jim, sir."

The boy, who had run with his mother, showed her the gifts Haley gave to him.

"You can go away," said Mr. Shelby seriously, when he guessed the trafficker's evil intentions.

El amable caballero se quedó muy pensativo cuando el traficante de esclavos se fue. Era para él muy difícil dar a sus esclavos a cambio de la deuda, pues los querían y habían tratado siempre bien. ¿Cómo decir a su esposa el embrollo en el que estaban metidos?

The kind gentleman was very thoughtful when the slave-dealer left. For him, it was very difficult to give his slaves in exchange for the debt, because they wanted them and they had always tried well. How could he tell his wife the mess they were in?

La señora Shelby era una gran mujer. De ademanes distinguidos, cultivada y sentía verdadero afecto por sus esclavos. Lo que su marido le contó, poco después, apenas pudo creerlo. ¿Ceder a Tom, que era de su familia? ¿Qué decir de Jim, el precioso muñeco al que todos querían? Retorciéndose las manos, dijo a su marido:

—La pobre Elisa ha sufrido tanto... Jorge, su marido, vale mucho, pero no ha tenido suerte. Además, perdió otros dos hijos poco tiempo después de nacidos y sólo le queda Jim. ¿Cómo vamos a quitárselo? Ese hombre debe comprender que quitarle un hijo a una madre es un crimen.

Mrs. Shelby was a great woman. She possessed distinguished gestures and was cultivated. He also felt real affection for the slaves. Soon after, her husband confessed something, which she could hardly believe it. Give in to Tom, who was her family? What about Jim, the precious doll everybody wanted? Wringing the hands, said to her husband:

"Poor Elisa, she has suffered so much... George, her husband, is a great man, but he's not lucky. In addition, she lost two other newborn sons. She only has Jim. How are we going to take it off? That man must understand that taking a child from a mother is a crime."

Consternación en la cabaña del tío Tom

La cabaña del tío Tom era una diminuta choza de troncos que había sido construida próxima a la vivienda de los señores. Estaba tan limpia, tan coquetamente arreglada a pesar de su modestia, que resultaba sumamente acogedora. A ella acudían todos los esclavos en busca de consejo, si lo necesitaban, o simplemente, en busca de afecto. Sí, Tom era como un padre para todos; tía Cloe, su esposa, acogía a sus hermanos negros con espíritu maternal.

Consternation in Uncle Tom's Cabin

Uncle Tom's Cabin was a tiny hut of logs that had been built next to the House of Lords. The cabin was so clean, so flirtatiously arranged in spite of its modesty, that it was very cozy. All the slaves were coming to the cabin in search of advice, if they needed it, or simply, in search of affection. Yes, Tom was like a father to all. Aunt Cloe, his wife, welcomed his black brothers in a maternal spirit.

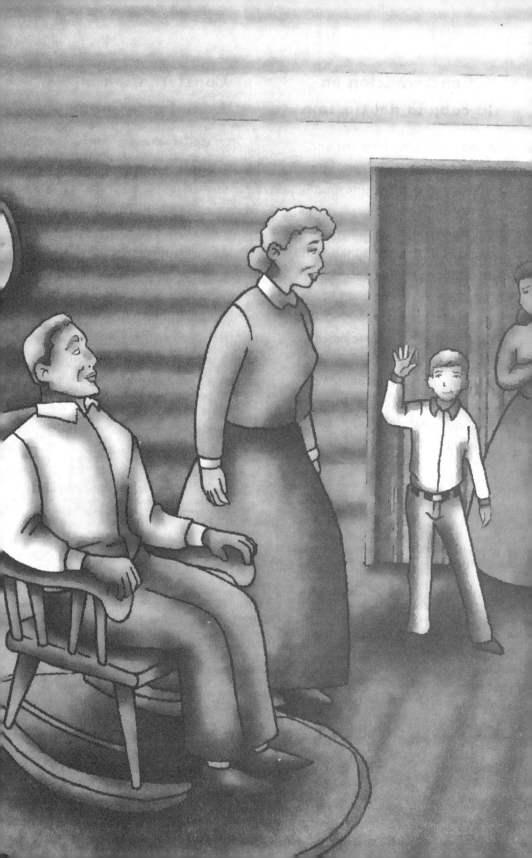

Aquella noche, cuando tía Cloe se disponía a acostar a sus hijos, y Jorge Shelby, el hijo del dueño, abandonaba la cabaña de los que consideraba sus amigos, llegó Elisa.

Elisa esperó a que el joven, que tenía 13 años y era sumamente inteligente, se alejara. En aquel momento, el tío Tom y su familia comprendieron que algo grave le sucedía, a juzgar por su aspecto de tristeza y nerviosismo.

That night, Elisa arrived in the just moment when aunt Cloe was about to put her children to bed, and George Shelby — the owner's son — left the cabin of those he considered his friends.

Elisa waited for the young man, who was 13 years old and extremely intelligent, to move away. At that time, uncle Tom and his family understood that something serious was happening to him, judging from his aspect of sadness and nervousness.

—Está ocurriendo algo espantoso tío, ¡espantoso! Ya sé que está mal, pero he podido escuchar lo que el amo hablaba con un tratante de esclavos y...

Los sollozos le impedían continuar. El tío Tom, un hombre fuerte, de expresión noble, pulcramente arreglado —un gran señor negro—, acarició la cabeza de la muchacha. Y tía Cloe, sumamente inquieta, la apretó más entre sus brazos.

—Vamos, hijita, vamos... El amo siempre nos ha tratado muy bien y nos quiere, no importa si viene un tratante de esclavos, o si vienen 10. Es lo mismo. ¿Y nuestra ama, que se desvive por nosotros?

"Something dreadful is happening, uncle, dreadful! I know it's wrong, but I could hear what the master was talking with a trafficker slave and..."

The sobs prevented her from continuing. Uncle Tom, a strong man, of noble expression, neatly dressed — a great black Lord — stroked the girl's head and aunt Cloe, extremely restless, pressed her more in her arms.

"Come on, baby, let's go... The master has always treated us very well and loves us, no matter if a trafficker slave comes, or if they are ten. It's the same thing. And our mistress, who lives for us?"

—Sí, ya lo sé, pero parece que el amo se ve en una situación muy comprometida y hoy... hoy... —de pronto tomó impulso—. Usted ya no pertenece al amo Shelby, tío Tom, sino a ese tratante Haley.

El bondadoso negro palideció. Se vio a tía Cloe temblar de pies a cabeza.

—Es la verdad —sollozó la joven—. Esta mañana ha venido ese hombre. Y esta tarde ha vuelto en busca de respuesta.

—¿Estás segura de que el amo ha vendido a mi Tom? —dijo tía Cloe.

—Sí, y si fuera sólo eso... ¡Ha vendido también a mi pequeño Jim!

"Yes, I know, but it seems that the master is in a very committed situation and today... today..." suddenly took momentum. "You no longer belong to master Shelby, uncle Tom, but to that trafficker Haley.

The kindly black man turned pale. Aunt Cloe trembled from head to toe.

"It is the truth. That man came this morning. And this afternoon he's back in search of an answer," sobbed the young woman.

"Are you sure the master has sold my Tom?", said aunt Cloe.

"Yes, and if it were only that but... He sold my little Jim too!"

Tras una pausa, Elisa consiguió hacer un esfuerzo y decir:

—Mi marido va a huir a Canadá y cuando tenga trabajo nos llevará a Jim y a mí con él.

—Huye con Jorge, Tom. La esclavitud es peor que la muerte cuando no se tiene un amo considerado...

—Nunca haré eso, mujer. Si el amo tiene dificultades y con mi venta puede solucionarlas, yo me doy por satisfecho.

Así era aquel negro, con un corazón tan noble que pocos blancos le igualarían. Luego, bondadosamente, dijo a Elisa:

—Tú puedes irte y llevar a tu pequeño, si es tu voluntad. Aprovecha la noche y que Dios te bendiga.

After a pause, Elisa can to make an effort and say:

"My husband is going to Canada and when he has a job he will take Jim and me with him."

"Run away with George, Tom. The slavery is worse than death when you don't have a sympathetic master."

"I will never do that, my dear. If the master has difficulties and with my sale he can solve them, I am satisfied."

So was that black man. He has a heart so noble that few whites would match him. Then, kindly, he said to Elisa:

"You can go and take your little boy, if it is your desire. You take advantage of the night and God bless you.

—Voy en busca del niño. Y, por favor, tío Tom, retenga a Bruno, el perro, para que no nos siga. No sé qué va a ser de nosotros, pero prefiero pasar hambre y miseria antes que perder a mi Jim. Si tiene ocasión de entrevistarse con Jorge, dígale lo que ocurre.

Y la hermosa Elisa se fue, aprovechando la oscuridad de la noche.

"I'm going for the child. Please, uncle Tom, hold Bruno, the dog, so he won't follow us. I don't know what is going to happen to us, but I'd rather hungry and misery than lose my Jim. If you have an opportunity to interview George, tell him what's going on."

The beautiful Elisa left, taking advantage of the darkness of the night.

Un negro bueno con grilletes

Por la mañana, al despertar la señora Shelby, mandó llamar a Elisa y ésta no aparecía. Pronto se dieron cuenta de que había escapado y la señora, con el semblante descompuesto, envió en busca de su esposo. En cuanto éste llegó, le contó entre lágrimas lo sucedido.

—¡Eso quiere decir que Elisa ha huido con el niño porque sospechaba la verdad! Dios la ayude para que no la encuentren antes de que se halle a salvo...

A good black man with shackles

Early in the morning, when Mrs. Shelby woke up, she sent for Elisa but she didn't show up. As soon as they realized that he had escaped, the lady, with her countenance decomposed, sent in search of her husband. As soon as he arrived, he told him in tears what happened.

"That means that Elisa has fled with the child because she suspected the truth! God help her before she is safe..."

El señor Shelby la interrumpió con gravedad:

—¿Sabes lo que estás diciendo, mujer? Ese Haley se dio cuenta de mi disgusto por tener que vender a Jim y creerá que todo esto lo he maquinado yo. Voy a verme en un buen aprieto, no lo dudes. Ese individuo es inclemente.

El dueño de la hacienda ordenó la búsqueda de la fugitiva, pero sin resultado. Y cuando aquella tarde el tratante apareció para recoger su "mercancía", todos los negritos jóvenes andaban por allí al acecho, gozando de antemano con el chasco que el negrero iba a llevarse.

Mr. Shelby interrupted her gravely:

"Do you know what you're saying? Haley realized my disgust because I sold Jim. He'll think I've planned everything. I'm going to be in a good spot, don't hesitate. That man is unforgiving."

The owner ordered the persecution for the fugitive, without a result. That afternoon the trafficker arrived to pick up his "merchandise". All the black children were lurking there, enjoying beforehand with the surprise that the slave trafficker was going to take.

Shelby tuvo que adelantarse y comunicarle lo ocurrido. Todos fueron testigos de la cólera de Haley, cólera terrible, que no presagiaba nada bueno, y que manifestó con espantosas palabrotas. También mandó buscar a Elisa y juraba que se la pagaría, pero todo fue inútil, no la pudieron encontrar.

Shelby had to anticipate and tell him what happened. They all witnessed Haley's wrath. A terrible anger, which did not bode well and he manifested with dreadful words. He also sent for Elisa. He swore that she would be punished, but everything was useless, because she was not found.

Mientras tanto, la afligida tía Cloe preparaba la ropa de su marido, tratando de ahogar unas lágrimas que se le escapaban a borbotones.

—Si al menos supiéramos a qué lugar van a llevarte... —le decía a su marido.

El tío Tom levantó la vista de la Biblia que estaba leyendo y dijo con serenidad, aunque estaba destrozado por la separación:

—En cualquier lugar puede haber un cielo para mí, mujer.

—Tom —dijo su ama llorando—, me hubiera gustado darte algún dinero, pero te lo quitarían. Sólo puedo prometerte una cosa: volver a adquirirte en cuanto sea posible...

Meanwhile, the grieving aunt Cloe prepared the husband's clothes. She was trying to stop the tears spurting out.

"If at least I knew what place they would take you to...", she told her husband.

Uncle Tom looked up from the Bible he was reading and said serenely, though he was torn apart by separation:

"Anywhere there can be a heaven for me."

"Tom", his mistress said crying, "I would like to give you money, but they would take it away from you. I can only promise you one thing: to buy you again as soon as possible..."

Afuera aguardaba Haley, impacientándose. El tío Tom, fingiendo una serenidad que estaba muy lejos de sentir, se despidió de su mujer e hijos y, por último, de su ama. Shelby no debía tener valor para presenciar la separación, pues no se le veía por ningún lado. Luego el negro subió al carro, donde ya lo esperaba el tratante.

En cuanto al amo Jorge, que tanto quería al tío Tom, había sido enviado a casa de unos amigos para ahorrarle aquel dolor.

Haley was waiting outside, impatient. Uncle Tom pretended a serenity he didn't really feel. Tom bade farewell to his wife and children and, finally, to his mistress. Shelby had no courage to witness the farewell, because he was nowhere to be found. Then Tom went up to the car, where the trafficker was waiting for him.

Master George, who loved Uncle Tom so much, had been sent to some friends' house to save him from that pain.

Pero el joven Jorge Shelby había oído los rumores que circulaban y, precisamente cuando el carro se detuvo en una herrería, apareció a lo lejos, en su caballo. Haley había entrado en la herrería y no fue testigo de la llegada del muchacho.

—¡Tom, mi querido Tom! —dijo, abrasándose al buen negro—. Prometo rescatarte en cuanto sea posible y... No, será mejor que huyas ahora mismo. Hazlo, por Dios, Tom...

—No amo. El señor lo ha querido así. Además, tampoco podría.

En aquel momento Jorge se fijó en los grilletes que Tom llevaba en los tobillos y lo sujetaban al carro de Haley.

But the young George Shelby heard the rumors and, precisely when the car stopped at the smithy, he appeared in the distance on his horse. Haley came into the smithy and didn't see when the boy came.

"Tom, my dear Tom!", he said, holding the good black man. "I promise to rescue you as soon as possible and... No, you'd better run away right now. Do it, please God, Tom...

"No, Master. The Lord has wanted it that way. Besides, I couldn't either."

At that time, George noticed the shackles that Tom wore on his ankles, which held him in Haley's carriage.

La lucha
de una madre

No podrían imaginar una mujer tan preocupada como Elisa cuando partió de la cabaña del tío Tom. A la idea de las penalidades que aguardaban al esposo fugitivo y dramático destino de su hijo, se unía el sentimiento de culpa por abandonar la tierra que la había visto nacer como una malhechora.

Elisa, por instinto de defensa, llevaba a Jim en sus brazos, aunque por su edad pudiese ir caminando. Y sus fuerzas parecían potenciarse con el peso de su hijito.

—Mama, ¿debo estar despierto?

—Duerme, corazón, mamá vela por ti.

A mother's struggle

There was not a woman as worried as Elisa when she left uncle Tom's cabin. She was not only concerned with the hardships that the fugitive husband and the tragic fate of her son would be, but also the feeling of guilt about leaving the land that had seen her born as a criminal.

Elisa, by instinct of defense, carried Jim in his arms, which was not really necessary because of his age. Elisa's forces were boosted by the weight of her little boy.

"Mommy, should I stay awake?"

"Sleep, my heart. Your mom's watching you."

A pesar de las terribles noches de frío y hambre, Elisa supo resistir hasta que llegó para ella y el pequeño Jim, la ayuda de una pareja de esposos que no estaban de acuerdo con la esclavitud, con el tráfico de seres humanos y mucho menos con los castigos corporales. De ese modo, la joven madre pudo escapar para reunirse después con su marido.

In spite of the terrible nights of cold and hungry, Elisa resisted until she and her son received the help from a couple. They did not agree with slavery or trafficking of human beings, in any way with corporal punishment. So the young mother escaped and then met her husband.

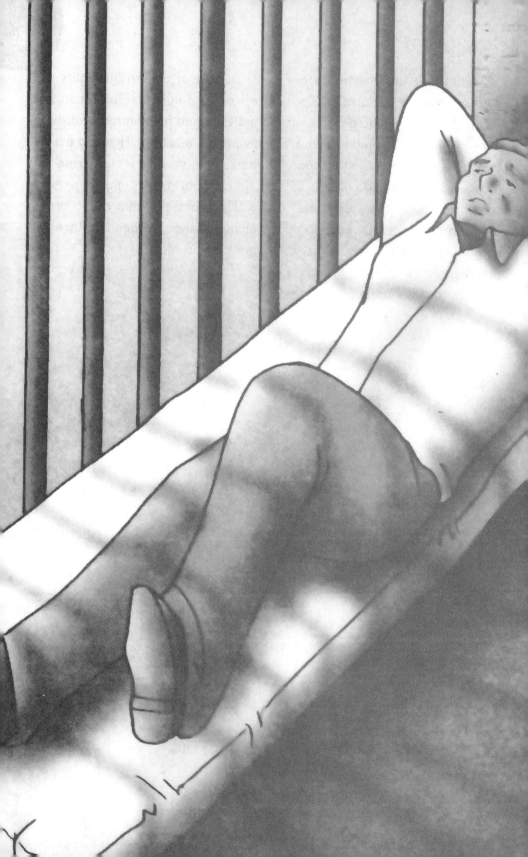

Y mientras tanto, ¿qué había sido del tío Tom?

El buen Tom, dócil con la voluntad de su amo, se dejaba conducir por el señor Haley. Era un largo viaje en carro y, a veces, para romper el silencio, Haley hablaba; incluso leía en voz alta los carteles que veía al paso. Algunos anunciaban la venta de esclavos.

Al llegar la noche, dormían en algún lugar del camino. Haley en una cama de posada y Tom, por lo general, en una celda carcelaria.

In the meantime, what had happened to Uncle Tom?

The good Tom — docile under the will of his master — obeyed Mr. Haley. It was a long carriage ride and, sometimes, to break the silence, Haley spoke. He even read aloud the signs he saw in passing. Some of them announced the sale of slaves.

At dusk, they slept somewhere along the way, Haley in an inn bed and Tom usually in a prison cell.

El destino de los esclavos de los Shelby

En la travesía, lo llevaron en barco y Tom procuraba ayudar a todo el mundo. Lo mismo auxiliaba a los marineros en los trabajos propios del buque, que al pasaje. En sus ratos libres, leía su vieja Biblia y a veces sus ojos se humedecían cuando recordaba la hacienda de los Shelby, donde fue feliz con su mujer y sus hijos.

The destination of the Shelby slaves

On the voyage, Tom was taken by boat. He tried to help everybody, assisted the sailors in the ship's work and also the passengers. In his spare time, Tom read an old Bible. When he remembered the Shelby estate, his eyes humidified sometimes. There he was happy with his wife and children.

Agustín Saint-Clair, el hombre que compró a Tom, era un rico plantador de Luisiana y Ophelia era la señorita a cuyos cuidados iba Evangelina, la niña que hizo que compraran a Tom. Pues se había hecho amiga del esclavo, cuando viajaban en el buque.

Saint-Clair, si bien bondadoso, era un hombre de carácter indolente y descuidado. Su esposa era una rica heredera de Nueva Orleans, muy bella pero banal y egoísta y poco afecta a los deberes maternales. De allí que Saint-Clair hubiera solicitado la presencia en su hogar de la prima Ophelia.

Augustine Saint-Clair, the man who bought Tom, was a wealthy farmer from Louisiana. Ophelia was the young lady who cared for Evangelina, the girl who asked for Tom to be bought and became friends with the slave when they were traveling on the ship.

Saint-Clair, besides kindly, was a man of indolent and careless character. His wife was a wealthy and beautiful heiress of New Orleans, but banal and selfish, besides being little affects to maternal duties. Because of that, Saint-Clair requested the presence of cousin Ophelia in her home.

De no ser por la familia que había dejado en Kentucky, el tío Tom se hubiera sentido muy feliz allí. Pronto se hizo amigo inseparable de la niña y lo trataban muy bien. Sin embargo, Tom temía a su ama. Era el polo opuesto de su marido, desconsiderada e injusta. Si no sabía hacer felices a un esposo y una hija como los que tenía, menos podía esperarse que hiciera algo por los demás...

Maybe Uncle Tom would have felt very happy there, but he missed his family, which he had left in Kentucky. He soon became an inseparable friend of the girl and was very well treated. However Tom feared his mistress. She was the opposite pole to her husband. She was inconsiderate and unfair. If she was unable to make a husband and daughter happy, she could not be expected to do anything for others...

Elisa y su hijo pasaron por todo tipo de sufrimientos, y por otra parte, Jorge, su esposo, al saber que su mujer había huido, apresuró su propio escape para así poderlos buscar lo más pronto posible. Fueron víctimas de la persecución, pero al final de cuentas, ellos estaban decididos a enfrentar y retar su propio destino: el de ser esclavos. Quizá pagarían el precio con su vida, ¿pero qué importaba si eran tratados como animales o peor aún? Sin embargo, asumieron el reto y, después de algún tiempo, se encontraron libres y reunidos en Canadá.

Elisa and her son endured all kinds of suffering. On the other hand, George, her husband, knowing that his wife had fled, hastened his own escape to seek them as soon as possible. They were victims of persecution, but at the end of the day they were determined to face their own destiny: to be slaves. Maybe the price would be to pay with their life, but what mattered if they were actually treated like animals or worse? However, they took the challenge and, after some time, gained freedom and met in Canada.

Incomparable Tom

Tom pronto se ganó la confianza de su amo, lo respetaban y querían; aquel noble esclavo era a su vez la providencia de todos los demás esclavos, de todos los seres desgraciados de aquel lugar. Solía hablarles de Cristo y de la vida eterna, con tan absoluto convencimiento que contagiaba su fe. Cuando veía a los más ancianos vacilar bajo el peso del trabajo, lo hacía por ellos, sin medir su propia fatiga. Predicaba con el ejemplo.

Incomparable Tom

Tom soon gained the confidence of his master, who respected and wanted him. That noble slave was also the providence of all the other slaves, of all the wretched beings of that place. Tom used to talk about Christ and the eternal life with absolute conviction, thereby infecting his faith. When he saw the elders hesitating for the hard work, he did it for them, without measuring his own fatigue. Tom preached by example.

Un nuevo dolor para Tom

Habían pasado algunos años desde el día en que el tratante Haley se llevara a Tom de casa del señor Shelby; sus antiguos amos no habían podido comprarlo, pero aun así, él mantenía contacto por carta con su esposa. En casa de los Saint-Clair, la vida proseguía su ritmo. La dueña de la casa dedicaba su tiempo a sus vestidos, joyas y reuniones, cuando no se entregaba a la indolencia y, por lo que respecta al esclavo Tom y a Eva, cada día estaban más unidos.

A new pain for Tom

It had been a few years since the day when the trafficker Haley took Tom from Mr. Shelby's house. Tom's former masters had not been able to buy him. Still, he kept in touch with his wife through many letters. At the Saint-Clair house, the life continued the same rhythm. The mistress spent her time taking care of her dresses, jewels and meetings. If not, she gave himself up to the infirmity. About the slave Tom and Eve, they were more united each day.

Un terrible día, la poca salud que tenía la niña, se vio quebrantada; todos esperaban lo peor. Aquella noche, la niña moría con una sonrisa de dicha en los labios. Y cuando su padre, desesperado, gimió lamentando su suerte, el fiel Tom le dijo:

—Amo mío, mire a su niña, qué feliz parece. Su cara resplandece de amor, alegría y paz...

El viejo esclavo, le ayudó a recobrar su fe.

On a terrible day, the girl's feeble health was broken. Everyone expected the worst. That night, the girl died with a smile of bliss on her lips. When her father, desperate, groaned lamenting her fate, the faithful Tom said to him:

"Master mine, look at your daughter, how happy she looks. Her face glows with love, joy and peace..."

The old slave helped him to recover his faith.

Pero el destino le tenía reservada una dolorosa y cruel sorpresa. El día que Saint-Clair se dirigió a arreglar los papeles para devolverles la libertad a Tom y a todos sus esclavos, como se lo prometió a su pequeña hija, ese día, un asaltante lo hirió con un cuchillo. Al poco tiempo, murió.

Oh, triste destino el de Tom, que fue vendido por la terrible Ophelia, su ama.

However the destiny reserved to him a painful and cruel surprise. The day when Saint-Clair went to arrange the papers to give Tom and all his slaves back their freedom, as promised to their little daughter, an assailant smote him with a knife. Soon after, he died.

Oh, sad fate that of Tom, who was sold by the terrible Ophelia, his mistress.

El tío Tom encuentra la paz

Como en sueños, el buen negro oía la voz del subastador ofreciendo la mercancía en inglés y francés. Un hombre grueso, de aspecto ordinario, lo adquirió a él y luego a una joven negra. Tom supo que quien lo compró era plantador de algodón en los márgenes del río Rojo. Se llamaba Legrée.

Horas después, cubierto de cadenas, se encontraba en un barco que navegaba dicho río, embargado por tristes pensamientos: su mujer, sus hijos, quedaban atrás para siempre.

Uncle Tom finds peace

The good black man listened, as if it were a dream, that the broker offered the merchandise in English and French. An ordinary-looking fat man bought him and a young black girl. Tom knew that man was a cotton farmer on the banks of the Red River. His name was Legrée.

Hours later, Tom was chained on a boat that sailed that river, plunged into sad thoughts: his wife, his children, who were left behind forever.

Una vez en la plantación, la impresión de Tom ante lo que veía no era como para levantarle el ánimo. Miserables chozas albergaban a los esclavos, todos cubiertos de harapos.

Dos negros colosales, Sambo y Quimbo, que gozaban del favor de su amo, se encargaban de hacerles trabajar a latigazos, sin descanso, de sol a sol. Y aquella noche, la cena de todos fue un trozo de tarta de maíz. En adelante, su vida sería miserable. El bueno de Tom, con todo disimulo, pasaba el algodón a los cestos de algunas pobres mujeres viejas.

When they reached the plantation, Tom was impressed by what he saw, which brought him down. He saw only miserable shacks in which the slaves lived, who were covered with rags.

Two colossal blacks, Sambo and Quimbo, who were the master's favorite, were responsible for forcing them to work with lashes, without rest, from sun to sun. One night, the dinner for all was a piece of corn pie. Since then, Tom's life was miserable. The benevolent Tom deposited, with much dissimulation, cotton in the hampers of some poor old women.

Un día lo golpearon porque ayudó a unas pobres mujeres que, cansadas de tantos golpes y maltratos, huyeron.

—¡Vamos, deja a ése sin una gota de sangre hasta que hable! En ese momento, Tom levantó la cabeza y dijo:

—Usted, amo, sólo tiene poder para acabar con mi vida, que nada vale. Pero no hablaré y sólo deseo que el Señor le conceda algún día la paz.

One day the two blacks beat Tom because he helped some poor women who, tired of the mistreatment, escaped.

"Come on, leave this slave without a drop of blood, till he speaks!", said the master, but at that moment Tom raised his head and replied:

"You, master, have only the power to finish my life, which is worth nothing. I will not speak and I only wish that the Lord would grant you the peace.

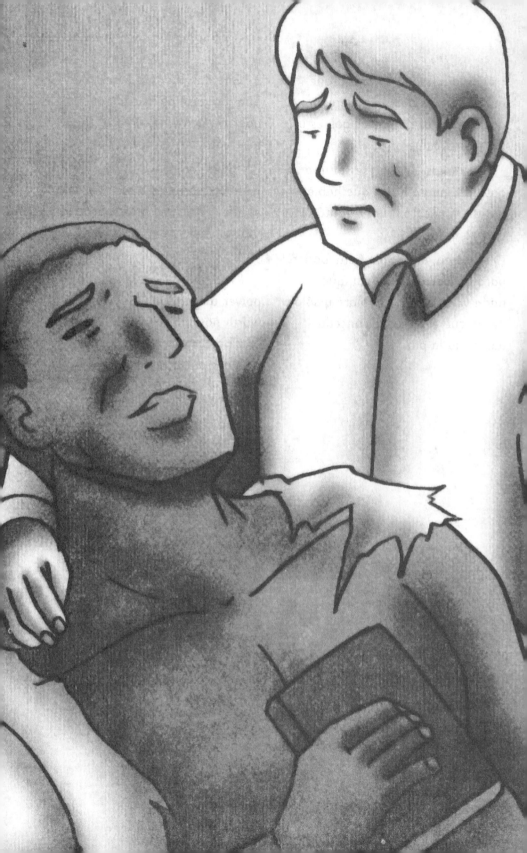

Mientras tanto, el joven Shelby, aquel que cuando niño prometió a Tom ir a buscarlo, llegó a la choza donde se encontraba, pero el tío Tom agonizaba en aquellos momentos. Y sin embargo, la llegada de su muchacho tan querido, prestó a Tom las energías suficientes para preguntarle por su mujer, sus hijos y la señora Shelby. Después murió en brazos del joven amo, con la Biblia apretada contra su corazón.

Meanwhile, young Shelby, who promised Tom to fetch him, came to the hut where Tom was, but he was about to die at that time. However, when the dear boy came, Tom regained enough energy to ask him about his wife, his children and Mrs. Shelby. Moments later Tom died in the arms of the young man, with a Bible tight against his heart.

Jorge Shelby se encargó personalmente de contratar un carro para llevar el ataúd con los restos de Tom hasta la hacienda donde había sido feliz, a pesar de su esclavitud.

Él, rodeado de las personas que tanto habían querido al admirable hombre de piel negra, puso la cruz que coronaba la tumba. Delante de aquella cruz, el joven Shelby dijo en voz alta:

—En este momento en que Tom reposa a mis pies, bajo tu tierra, Señor, y teniéndote por testigo, te prometo dedicar todo mi empeño en servir a la causa de la libertad de los hombres de mi país y en librarles de la ignominia de la esclavitud.

George Shelby personally took charge of hiring a car to transport the coffin with Tom's body to the farm where he had been happy, despite having been slave.

The youth, who was surrounded by people who loved the admirable black-skinned man, put the cross that crowned the tomb. In front of that cross, young Shelby said aloud:

God, at this moment when Tom rests beneath your land, and you as a witness, I promise you to devote all my efforts to serving the cause of the freedom of the men of my country and in ridding them of the ignominy of slavery.

La cabaña del Tío Tom · Uncle Tom's Cabin
se imprimió en abril de 2018,
en Impreimagen, José María Morelos y Pavón,
manzana 5, lote 1, Colonia Nicolás Bravo,
C.P. 55296, Ecatepec, Estado de México.